DE L'UTILITÉ DE L'ÉTUDE

DE LA

POÉSIE ARABE.

EXTRAIT

Du JOURNAL ASIATIQUE, rédigé par MM. DE CHÉZY, —
COQUEBERT DE MONTBRET, — DEGÉRANDO, — FAURIEL, — GARCIN
DE TASSY, — GRANGERET DE LAGRANGE, — HASE, — KLAPROTH, —
RAOUL-ROCHETTE, — ABEL-RÉMUSAT, — SAINT-MARTIN, — SYLVESTRE
DE SACY, — et autres Académiciens et Professeurs français et étrangers,

Et publié par la Société Asiatique.

Il paraît, par année, douze Cahiers de ce Recueil, qui forment deux volumes in-8º.

Le prix de l'Abonnement, pour l'année, est de 20 francs.

On ne peut souscrire pour moins de six mois ou d'un volume ; alors l'Abonnement est de 12 francs.

Il faut ajouter pour le port,

Pour les Départemens...... 1 fr. 25 cent. par volume.
Pour l'Étranger........... 2 fr. 50 cent. *idem.*

On s'abonne à Paris, A LA LIBRAIRIE ORIENTALE

DE DONDEY-DUPRÉ PÈRE ET FILS, Imp.-Lib., Éditeurs-Propriétaires du Journal Asiatique, rue St.-Louis, nº 46, au Marais, et rue de Richelieu, nº 67, où l'on peut se procurer le CATALOGUE DE LANGUES ET LITTÉRATURE ORIENTALES qui vient de paraître ;

z les principaux Libraires de la France et de l'Étranger.

IMPRIMERIE DE DONDEY-DUPRÉ,
Rue Saint-Louis, nº 46, au Marais.

DE L'UTILITÉ DE L'ÉTUDE

DE LA

POÉSIE ARABE,

PAR M. LE Baron SYLVESTRE DE SACY.

PARIS,

A LA LIBRAIRIE ORIENTALE DE DONDEY-DUPRÉ PÈRE ET FILS,

IMP.-LIB. ET MEMB. DE LA SOCIÉTÉ ASIATIQUE DE PARIS,

Et Lib. de la Société Royale Asiat. de la Grande-Bretagne et d'Irlande, sur le Continent,

Rue Saint-Louis, N° 46, au Marais, et rue Richelieu, N° 67.

1826.

DE L'UTILITÉ DE L'ÉTUDE

DE LA

POÉSIE ARABE[1].

Le célèbre Reiske, celui de tous les orientalistes de l'Europe qui a le mieux connu les poètes arabes, en commençant la préface qu'il a mise à la tête de son édition de la *Moallaka* de Tarafa, a cru nécessaire de justifier ou d'excuser le choix qu'il avait fait de ce poème, pour donner au public un moyen d'apprécier les succès qu'il avait obtenus, sous la direction du célèbre Schultens, dans l'étude de la langue arabe. Il ne se dissimule pas les objections auxquelles sa détermination pourra donner lieu. Les uns demanderont à quoi peut servir la connaissance de la poésie arabe, et quel fruit il en doit revenir à la Société, pour l'amélioration des esprits ou l'augmentation des jouissances de la vie. D'autres se plaindront de l'obscurité qui couvre les pensées, et du travail qu'il en

[1] Ce morceau a été lu dans la séance générale de la Société Asiatique du 27 avril 1826.

coûte pour en obtenir l'intelligence. Quelques hommes d'un goût difficile reprocheront à la poésie orientale ses hyperboles, et envelopperont dans une même condamnation, sans distinction de tems et de lieux, tous les poètes de l'Orient. Pourquoi, diront d'autres, mus par un sentiment d'amitié et portant un véritable intérêt à l'auteur, pourquoi, puisque vous vouliez publier quelque chose qui pût concilier à vos études favorites l'estime publique, n'avoir pas choisi plutôt un morceau historique? En lisant l'histoire des événemens qui se sont passés dans une autre partie du monde, en apprenant à connaître les lieux et les tems qui en ont été témoins, les savans conviendraient peut-être de l'utilité de ces études et de leur importance. Par un choix contraire, ne peut-il pas arriver que vous les décréditiez, au lieu de leur concilier quelque faveur? J'avoue, dit Reiske, que ceux-ci me paraissent avoir raison, et je n'ai pas attendu leur objection pour être moi-même de cette opinion; et en effet, la poésie arabe offre-t-elle quelques charmes comme celle des Grecs et des Latins? Les Arabes ne connaissent pas la fiction, qui est l'essence de la poésie : ils ne savent pas conduire une fable, par d'ingénieux détours, à un dénouement heureux : la poésie épique leur est inconnue, et ils n'ignorent pas moins la comédie et la tragédie. Mon goût d'ailleurs m'a toujours porté vers l'histoire; mais, lorsque j'ai conçu l'idée de publier cet opuscule, je manquais totalement des connaissances nécessaires pour aborder un sujet historique; et, au moment où j'écris ceci, l'histoire de l'Orient, dont je commence à entrevoir l'étendue, se présente à mes yeux comme un océan immense, et aux flots duquel je n'ose me confier.

On serait tenté de se demander si c'est tout de bon que Reiske a énoncé une opinion si défavorable à la poésie arabe, et pour peu qu'on prenne la peine de lire encore une page ou deux de cette même préface, on se trouve affermi dans ce doute ; car, tout bien considéré, le censeur de la poésie arabe la trouve encore moins déraisonnable que celle des Grecs ; et, dans son humeur atrabilaire, il n'épargne pas même le divin Homère, dont il resterait, suivant lui, bien peu de choses, si on retranchait de ses poèmes *tot tædiosa, garrula, rhapsodica, frigida, stupida, stulta, exsecrabilia*. Ces blasphèmes littéraires que je n'ai pas osé traduire, ne sont pourtant qu'une sorte de plaisanterie, et Reiske en revient à un principe plus raisonnable ; c'est qu'il ne faut ni rejeter ce que l'admiration de plusieurs siècles a consacré, ni louer ce qui est évidemment répréhensible, et que, lorsqu'on veut tirer dés ténèbres de l'oubli les ouvrages d'une nation, les étudier et en faire son profit, l'équité veut qu'en les jugeant on prenne en considération les lieux et les tems qui les ont produits, le caractère, le génie et les mœurs du peuple auquel ils appartiennent.

J'ai cité les reproches que Reiske faisait à la poésie arabe, préférablement à ceux que d'autres littérateurs lui ont adressés à une époque plus récente, parce que bien peu d'orientalistes peuvent prononcer comme lui en connaissance de cause sur un sujet qu'il avait approfondi, tandis que les autres, pour la plupart, l'ont à peine effleuré. Du reste, je ne serai, je crois, démenti par personne si j'avance qu'autant Reiske fait autorité quand il s'agit d'érudition, autant il est récusable en matière de goût. S'il fallait donner une preuve de l'une et de l'autre assertion, je n'en chercherais point d'autre que sa traduction du poème de Tarafa et le commentaire qu'il y a joint.

Mais puisque les questions que se faisait à lui-même ce savant orientaliste sur le mérite de la poésie des Arabes, et sur le fruit qu'on peut retirer de l'étude des monumens du génie poétique de cette nation, ne paraissent point encore définitivement décidées, il me sera peut-être permis de réclamer aujourd'hui quelques instans l'attention de cette assemblée, pour faire voir que cette étude n'est pas si ingrate et si infructueuse que le pensent ses détracteurs, et que loin qu'on ait trop fait à cet égard, on a à peine ouvert la carrière, et on ne saurait assez encourager les efforts des hommes qui se dévouent à cette branche importante de la littérature orientale. Mais, avant d'entrer dans mon sujet, je dois avertir que, pour le concentrer davantage, je ne parlerai que de la poésie des Arabes, et je ne me permettrai aucune citation.

Quand je parle des fruits qu'on peut retirer de l'étude de la poésie arabe, je suppose d'abord qu'on n'exigera pas d'elle plus que de la poésie grecque et latine; et, en second lieu, je n'entends parler que des compositions vraiment poétiques, et non des traités de grammaire, des dictionnaires, des élémens de médecine, de théologie, de jurisprudence, d'astronomie, etc., écrits en vers, dont la poésie ne consiste que dans l'assujétissement à une certaine mesure et à la rime, et qui d'ailleurs ne sont pas plus des poëmes que les vers techniques de Despautère, ou les Racines grecques de Port-Royal. Il pourrait être utile de publier quelques-uns de ces livres, comme l'*Alfiyya* d'Ebn-Malec, le *Molhat-alirab* de Hariri ; mais ce serait seulement sous le point de vue de la doctrine.

Parmi les motifs qui recommandent l'étude de la poésie arabe, les uns sont généraux et peuvent s'appliquer à la littérature de tous les peuples ; les autres sont spéciaux et tirés de circonstances propres à la nation arabe. Les premiers peuvent tous se réduire à cette seule observation, que, pour bien connaître une langue, lorsqu'on ne se propose pas pour unique but, dans cette étude, de la faire servir aux besoins ordinaires de la vie, il faut l'embrasser dans toute son étendue ; ce qui ne veut pas dire qu'il faut posséder tous les termes techniques des arts et des sciences dont l'usage, même pour la langue qu'on a parlée dès l'enfance, est concentré dans le cercle étroit des hommes qui se livrent à ces études spéciales ; mais qui, réduit à son véritable sens, signifie qu'il ne faut être étranger à aucune des formes du discours, à aucune des expressions employées par les bons écrivains, prosateurs ou poètes, qui composent la littérature de cette langue. Oserait-on en effet se flatter de bien posséder la langue grecque, si on n'avait lu ni Homère, ni Sophocle, ni Eschyle, ni Pindare ? Et serait-on regardé comme savant dans la langue commune à la littérature de toute l'Italie, si on ne pouvait entendre Pétràrque, Le Tasse ou l'Arioste ? Plus, chez une nation, la langue poétique diffère du langage des prosateurs, plus l'étude de la poésie est indispensable à quiconque aspire à acquérir une connaissance parfaite de la langue, et on ne saurait nier que, sous ce point de vue, la thèse générale que nous soutenons n'ait une application toute particulière à la langue arabe. Mais, si nous quittons ces considérations générales pour descendre aux motifs particuliers qui rendent nécessaire l'étude de la poésie arabe, nous serons bientôt convaincus des avantages inappréciables de cette étude. Observons d'abord que, pour les tems antérieurs à Mahomet et même au deuxième siècle de l'hégire, il n'existe aucun monument historique qui puisse nous instruire de ce qu'était la civilisation des Arabes, de leurs opinions, de leurs préjugés, de leurs mœurs, de leur législation, de leur politique, enfin de l'état de la société parmi eux, considérée sous tous les points de vue, que les poésies qui nous sont restées de ces tems anciens, les proverbes, et les traditions plus ou moins altérées que nous ont conservées les premiers commentateurs de l'Alcoran, et les grammairiens qui ont consacré leurs efforts à l'explication de ces antiques poésies, ou à la recherche de l'origine des proverbes. Sur tous les points obscurs de l'antiquité, c'est presque toujours à des fragmens de poésie qu'ils ont recours, pour prouver la vérité des usages ou des opinions qu'ils attribuent aux Arabes idolâtres, ancêtres des Musulmans. Et si celui qui aime à remonter à l'origine des peuples et à retracer l'histoire et les progrès de leur civilisation, éprouve ici un regret, c'est que ces anciens monumens de la littérature des Arabes, ces débris d'une culture plus avancée qu'on ne le pense communément, ne nous soient pas parvenus en plus grand nombre. En effet, peut-on lire avec un peu de réflexion quelques-uns de ces poèmes antiques où le système compliqué de la grammaire arabe est observé avec plus de rigueur encore que dans l'Alcoran, où toutes les règles d'une prosodie éminemment artificielle sont suivies avec une scrupuleuse exactitude, sans demeurer convaincu que, long-tems avant le fondateur de l'islamisme, et dans la presqu'île de l'Arabie, et parmi les tribus nombreuses qui couvraient les plaines de la Mésopotamie, et à la cour des rois de Hira et de Gassan, il y avait eu de ces génies qui impriment leur caractère à leur siècle, et deviennent la règle des âges qui les suivent? Ce sont sans doute des hommes de ce genre qui avaient irrévocablement fixé les lois du langage, et dicté à la poésie arabe le code qui devait la régir, et qui, après tant de siècles, la régit encore aujourd'hui, et a soumis à son influence les Persans et les Turcs? Voulez-vous connaître à fond la vie de l'homme étonnant qui, peut-être sans avoir eu d'abord d'autre dessein que d'épurer la religion de son pays et de détruire le

polythéisme, se vit entraîné, par la force des circonstances, à fonder un gouvernement théocratique qui
devait changer la face d'une grande partie de l'Asie,
de l'Afrique et de l'Europe ? Vous rencontrerez à chaque page de nombreux morceaux de poésie , qui se-
ront autant d'énigmes pour vous, si vous ne vous êtes
de bonne heure familiarisé avec les figures hardies et
les expressions particulières qui caractérisent le langage poétique. Quel monument plus important de la
littérature arabe que ce recueil qui, sous le titre mo-
deste de *Kitab-alagani*, ou livre des Chansons, con-
tient une érudition immense, et pourrait suffire à lui
seul pour composer le tableau de la culture des Arabes avant l'islamisme, et pendant la plus glorieuse
époque de l'empire des Khalifes ! Mais quel est
l'homme qui, s'étant borné par système à lire de
sèches chroniques ou de froids annalistes, oserait
hasarder de risquer sa fragile barque sur cet océan
immense ? Mais que dis-je ? Dans ces annales même
souvent si décharnées, il est bien rare que les écrivains de l'Orient ne se plaisent pas à citer des fragmens plus ou moins longs de poésie, qui servent, ou
d'autorités aux faits, ou d'ornemens au style, ou de
délassement aux lecteurs : à moins qu'on ne veuille
les supprimer, ou, ce qui ne vaut guère mieux, les
dénaturer complètement, comme ils le sont dans l'é-
dition de l'abréviateur de Tabari, il faudra encore
se résoudre à acquérir quelque connaissance du style
propre à la poésie arabe. Ce que j'ai dit du *Kitab-
alagani* pourrait s'appliquer avec autant de raison au

recueil des proverbes arabes de Meïdani qui attend encore un éditeur, aux vies des hommes illustres d'Ebn-Khilcan, et à bien d'autres ouvrages dont on ne saurait contester la haute importance.

J'ai parlé jusqu'ici comme si la poésie arabe ne méritait pas par elle-même de devenir l'objet d'une étude spéciale; et on a pu croire que, passant condamnation sur les défauts qu'on lui a reprochés, je me bornais à demander grâce pour elle, en faveur des services qu'elle peut rendre à la science historique. Je suis bien éloigné de penser ainsi, et pourvu qu'on m'accorde que, tout autre intérêt à part, un homme de goût peut encore, sans risquer de compromettre sa réputation, et sans s'exposer aux sarcasmes d'une philosophie dédaigneuse et morose, consacrer d'honorables travaux à se pénétrer des beautés des poètes de la Grèce et de Rome, et à en faciliter l'étude aux autres, je dirai hardiment que la poésie arabe n'a pas moins de droits à exercer les talens de ceux qui ont choisi, pour se rendre utiles et honorer leur siècle, la carrière de la littérature orientale. Je n'établis point ici de comparaison entre les poètes de l'Arabie et ceux de l'Europe payenne. Je n'examine point si des questions de mythologie, ou la discussion des traditions souvent contradictoires qui concernent les tems héroïques, donnent à la poésie grecque un grand avantage sur des poètes d'une imagination ardente, qui n'ont eu à peindre que les grands effets de la nature, les passions de l'homme, ou les intérêts de la vie pastorale, et les rivalités de leurs tribus. Il me suffit qu'ici comme là je trouve un exercice utile pour l'intelligence, de nobles conceptions qui élèvent l'ame, des impressions vives qui remuent fortement l'imagination, des expressions vraies qui mettent ma sensibilité en harmonie avec celle du poète : et qui pourrait refuser ces grandes qualités à beaucoup de poètes arabes, s'il a lu seulement l'ouvrage si remarquable et pourtant incomplet du célèbre W. Jones, ou s'il s'est familiarisé, même dans une traduction, avec ces poèmes célèbres composés au tems du fondateur de l'islamisme, ou peu d'années avant cette époque, où respirent tous les grands sentimens du caractère noble et fier de l'Arabe indépendant, et où ces mâles beautés, puisées dans la nature, ne sont pas altérées par le mélange de pensées plus fines que solides, d'ornemens plus ingénieux que vrais, d'expressions plus recherchées que naturelles, qui, dans des tems plus rapprochés de nous, ont en partie dénaturé le caractère propre de la poésie arabe? Je craindrais d'abuser de l'attention que l'on veut bien m'accorder, si j'alongeais ce discours par des citations, lorsque chacun peut s'assurer de la vérité de ce que je dis, en jetant les yeux sur les poèmes nommés *Moallakas*, qui tous ont été publiés avec des traductions, ou sur ceux de Schanfara, de Nabéga, d'Ascha, de Caab, qui tous, avec des caractères particuliers, respirent le même génie poétique, la même élévation de sentimens, et attachent par des tableaux empruntés à une nature, tantôt rude et sévère, tantôt riante et agréable, ou par la peinture des vertus ou des passions qui, dans ces enfans du désert, se montrent sans les déguisemens d'une modestie de convention ou d'une fausse pudeur. Et au milieu de ces scènes d'une imagination vive et sans contrainte, souvent des sentences morales viennent, par leur profonde sagesse et leur expression concise et imposante, frapper d'un trait de lumière inattendu l'ame émue de l'auditeur, et lui remettre sous les yeux les grandes vérités écrites par le créateur lui-même dans le cœur des êtres intelligens, ou empreintes dans toute l'ordonnance de l'univers.

Ce que je dis ici des plus anciens monumens de la poésie arabe, est vrai aussi de plusieurs des poètes qui, dans les siècles suivans, ont pris pour modèles les chefs-d'œuvre immortels de l'antiquité; et le recueil connu sous le nom de *Hamasa* en fournit une foule d'exemples. Chez beaucoup d'autres poètes, il est vrai, et même chez les plus célèbres, tels que Moténabbi, Abou'lala, Ebn-Doreïd, Tograï, Bousiri, Omar, fils de Faredh, les défauts dont je parlais, il n'y a qu'un instant, altèrent tantôt plus, tantôt moins, le caractère de la poésie arabe. Mais en avouant cette vérité, faut-il méconnaître une foule de beautés réelles? Et depuis quand est-on autorisé à condamner à l'oubli tous les poètes qui sont restés inférieurs à Homère et à Virgile, ou tous les orateurs qui n'ont pu atteindre à la renommée de Démosthènes et de Cicéron?

Il faut pourtant l'avouer, quiconque ne lira les compositions des poètes les plus célèbres de l'Arabie

que dans des traductions latines ou françaises, sera
bien loin de pouvoir les apprécier à leur juste valeur.
S'il est si difficile de faire passer les beautés poétiques d'Homère, d'Eschyle, de Sophocle, de Virgile, d'Horace, de Catulle, de Shakespear, de Dante,
du Tasse, du Camoëns, dans une des langues de l'Europe étrangères à la patrie de ces grands poètes, quoique toutes nos littératures modernes soient formées
sur le modèle de celles de la Grèce et de l'ancienne
Italie ; quoique la mythologie d'Homère et de Virgile
ait passé toute entière dans notre langage poétique ;
quoique, enfin, une même masse d'idées communes à
tous les peuples modernes de l'Europe, et une civilisation à peu près, égale les réunissent tous, pour
ainsi dire, en une seule nation, quelles difficultés ne
doit point opposer aux efforts du traducteur le plus
habile, une poésie née sous un climat et au milieu
d'une nature dont nous ne nous faisons qu'une idée
imparfaite ; une poésie qui emprunte ses comparai-
sons d'une multitude d'objets dont l'éloignement nous
dérobe les formes et les traits caractéristiques ; une
poésie, enfin, qui s'alimente d'opinions, de préjugés,
de croyances, de superstitions, dont nous ne pouvons
acquérir la connaissance que par des études longues
et pénibles ? Certes, lorsque ces interprètes de la nature me diront la violence de l'amour, les fureurs de
la jalousie, la soif ou le plaisir de la vengeance, les
honorables sacrifices de la générosité et de l'amitié,
la passion de la gloire, l'enthousiasme de la vertu,
la sublimité de la résignation aux décrets du ciel, les

plaisirs séducteurs d'une vie molle et voluptueuse,
ou l'héroïsme qui se roidit contre les coups du sort,
et envisage d'un œil sec la mort elle-même, leurs
paroles retentiront au fond de mon ame, et l'imper-
fection même d'une traduction nuira peu à l'impres-
sion que leur génie a voulu me communiquer. Mais
en sera-t-il de même, quand le poète me peindra ou
ces solitudes éternelles que le vent du désert sillonne
dans tous les sens, où rien ne guide le voyageur, et
où la soif qui le dévore est redoublée, au plus fort de
la chaleur, par l'illusion d'une vapeur qu'il poursuit
toujours sans jamais pouvoir l'atteindre; ou le spec-
tacle de ces nuages amoncelés que l'habitant d'une
plaine aride, que n'entrecoupe aucune colline, suit
avec un regard inquiet dans l'étendue du ciel; de ces
foudres qui nourrissent et quelquefois trompent son
espoir; de ces torrens d'eaux que le ciel verse avec
abondance dans des contrées trop éloignées ou habi-
tées par une tribu rivale, tandis que ses troupeaux
périssent de soif et de chaleur sur une terre dessé-
chée , et ne participent point au rafraîchissement
qu'une constellation propice prodigue à d'autres ré-
gions? Partagerai-je le vif intérêt qui l'anime, quand
il me décrit toutes les beautés ou tous les signes de
vigueur et de force de la monture que la Providence
semble avoir formée exprès pour l'habitant des déserts : ou quand, pour m'intéresser aux alarmes et aux
souffrances d'une tendre gazelle, intimidée par la vue
des chasseurs et par la voix de leurs chiens, tandis
qu'elle cherche dans le fond des vallées ou sur la cime

des montagnes, son cher nourrisson qu'une bête fé-
roce a dévoré, il me peindra la délicatesse et la flexi-
bilité de son cou, la langueur et la mollesse de son
regard, la blancheur de son poil dont l'éclat se fait
apercevoir au milieu des ténèbres de la nuit, le tremblement de ses jambes épuisées de fatigue et d'effroi :
ou lorsque, voulant me retracer d'une manière plus
sensible les tourmens que la faim lui a fait éprouver,
dans les solitudes où il a cherché un asyle contre l'in-
gratitude et la malignité des humains, il se compa-
rera à une troupe de loups affamés, et occupera long-
tems ma pensée du tableau de ces animaux féroces,
de leur aspect effrayant, de leurs mœurs, de leurs
courses inutiles, de leur désespoir ou de leur résignation? Sans doute, si je me suis rendu maître de la
langue du poète, si je puis le suivre sans recourir à
chaque instant à l'assistance d'un commentateur ou
d'un truchement; si, par une longue étude, j'ai ac-
quis la faculté de me transporter en esprit dans les
solitudes où il a conçu ses tableaux, au milieu de la
nature sauvage qui a occupé ses pinceaux, je pourrai
partager le plaisir que ses vers faisaient éprouver à ses
compatriotes, et mêler mes applaudissemens à ceux
de ses contemporains; mais si, cédant au plaisir que
j'éprouve, j'essaie de le communiquer à ceux qui m'en-
tourent, et de transplanter ces fleurs étrangères sur
les bords de la Seine ou de la Tamise, je devrai me
résigner à leur voir perdre une partie de leur éclat,
et à ne faire partager que bien imparfaitement mon
admiration à ceux pour lesquels je me serai soumis à

un travail pénible. Il y a long-tems que je l'ai dit (1) :
« Ce qui rend surtout la traduction des poèmes arabes
très-difficile, c'est qu'ils consistent presque entière-
ment en descriptions, et que ces descriptions se composent d'une multitude de détails qui n'ont point,
pour les peuples parvenus à un plus haut degré de
civilisation, l'intérêt et la vérité qu'ils offrent à un
peuple-nomade, habitant des déserts. Celui-ci, dont
l'imagination n'est frappée que d'un petit nombre
d'objets naturels, en observe toutes les formes et jusqu'aux moindres circonstances. Pour lui, deux nuages
ne se ressemblent pas ; l'orage du printems diffère
sensiblement de celui de l'été ou de l'automne. Les
animaux attachés à son service étant toujours sous ses
yeux, il observe toutes les variations de leurs habi-
tudes, toutes les nuances de leurs inclinations. Chaque allure de son chameau, chaque époque de la vie
et de la fécondité de cet animal si utile, a un nom
particulier ; le soin qu'on prend de l'abreuver s'ex-
prime différemment, suivant le nombre des jours
pendant lesquels il peut supporter la soif. Pour l'A-
rabe, chaque mouvement, chaque hennissement de
son cheval se distingue d'un autre par une expression
propre. Il a autant de termes divers pour peindre un
nuage, un rocher, un torrent, une vallée, une ci-
terne, que ces objets de la nature peuvent se présen-
ter avec des accidens différens. L'homme aussi ne

---

(1) *Journal des Savans*, cahier de mars 1817.

s'offre jamais à ses regards sans qu'il lise les affections
de son ame dans l'air de son visage, les mouvemens
de ses yeux, l'altération de ses traits, le tremblement
de ses membres, le gonflement ou l'affaissement de
ses veines; le frémissement, la contraction ou le re-
lâchement de ses muscles; l'élévation, l'abaissement
ou le froncement de ses sourcils; l'obscurcissement
de son teint, ou l'épanouissement de son front, le
resserrement ou la dilatation de ses narines, la pâleur
ou l'éclat de ses lèvres; tous ces signes extérieurs que
nous nous dissimulons et que nous nous déguisons ré-
ciproquement, étant plus prononcés chez ces hommes
de la nature, et frappant plus vivement leurs yeux,
leur langage aussi est riche en mots qui les expri-
ment, et fournit à leur poésie des images vraies et
énergiques qui nous paraissent une sorte de carica-
ture. »

Si j'ai réussi à faire sentir les causes qui rendent si
difficiles et toujours imparfaites les traductions des
plus beaux monumens de la poésie des Arabes, suit-il
de là qu'il faut renoncer à les traduire, et que les
hommes assez courageux pour se charger de cette
tâche pénible ne rendent aucun service à la littérature, et consument en vain un tems et des talens
qu'ils auraient dû consacrer à des objets plus graves
et d'un autre genre d'intérêt? Je consentirai à le croire
quand on osera appliquer cette règle à toutes les littératures étrangères de l'antiquité comme des tems
modernes, que dis-je? à tous les arts qui ne s'adres-
sent qu'à l'imagination de l'homme, ou qui se pro-

posent de lui procurer des émotions pour arriver jusqu'à son intelligence et jusqu'à son cœur.

Je ne dois pas oublier une application utile de la poésie arabe ; je veux dire la lumière qu'elle jette sur une autre poésie, divine dans sa source, et sublime comme le ciel d'où elle tire son origine, mais humaine par sa destination, puisqu'elle est consacrée à nous instruire, à réformer nos mœurs, à élever nos ames vers notre commun auteur ; à nous inspirer la crainte de ses jugemens, la reconnaissance pour ses bienfaits, la confiance dans sa bonté paternelle ; enfin, à triompher, par de saintes et nobles émotions, des charmes trompeurs de la volupté, des séduisantes illusions de l'orgueil, de tous les efforts combinés de l'égarement de l'esprit et de la corruption du cœur. Si l'étude des anciennes poésies arabes peut nous aider, comme on ne saurait en douter, à pénétrer plus profondément dans le sanctuaire de la poésie de l'antique Sion ; si, avec leur secours, nous dissipons quelques-unes des obscurités qui nous rendaient moins sensibles aux sublimes chants d'Isaïe, aux éloquentes douleurs de Jérémie, aux énergiques et effrayantes peintures d'E-zéchiel, aux amers gémissemens et à l'expression vive de l'innocence éprouvée de Job, aux accens si variés et toujours si nobles et si touchans de la lyre de David, dira-t-on encore qu'il faut regretter les efforts qu'on aura consacrés à acquérir une connaissance à laquelle on doit de semblables résultats ?

Toutefois, je l'avoue, quel que soit le mérite intrinsèque des poésies arabes, et quelques avantages

qu'on puisse retirer de leur étude, je me résignerais
à voir tous les efforts des amateurs de la littérature
orientale appliqués exclusivement à la publication et
à la traduction des ouvrages historiques, géographi-
ques et philosophiques, si, comme on semble le croire,
nous possédions déjà une bibliothèque entière de
poètes arabes; mais il y a ici une hyperbole qui certes
ne le cède à aucune de celles de Moténabbi ou d'A-
bou'lala. L'édition seule des annales d'Abou'lféda
surpasse tout ce qui a été publié jusqu'ici de poésies
arabes, soit isolément, soit en recueils, et quand on
voudrait y comprendre les Séances de Hariri, le tout
ensemble serait loin d'égaler le volume des œuvres
d'Avicenne. Je ne parle point de la traduction com-
plète de Moténabbi, en langue allemande, que nous
devons à M. de Hammer, ni de cette portion du ro-
man d'Antar, que M. Terrick Hamilton a traduite en
anglais, parce que, pour l'étude sérieuse de la poésie, les traductions ne peuvent être considérées que
comme un accessoire, et que ce sont surtout les textes
et les commentaires arabes qu'il est important de mul-
tiplier. Ajoutons encore que le recueil des œuvres
d'aucun poète arabe en original n'est sorti jusqu'à ce
jour des presses européennes. Sans doute il est plus
utile de pouvoir comparer des compositions qui appartiennent à différens auteurs ou à des siècles divers,
et nous devons nous applaudir que les premiers efforts qui ont été faits en ce genre, aient pris une telle
direction; mais certes, ils connaissent bien peu les

besoins de la littérature arabe parmi nous, ceux qui s'empressent de nous dire :

Claudite jam rivos, pueri : sat prata biberunt.

Honneur plutôt, honneur à ceux qui promettent à la culture des muses de l'Orient des richesses qui jusqu'ici n'ont point été mises en circulation. La Société Asiatique s'applaudira sans doute, si elle peut contribuer à procurer à M. Freytag le moyen de nous faire jouir du *Hamasa* d'Aboù-Témam; et, comme elle accueillerait une édition de Masoudi, ou des Vies des hommes illustres d'Ebn-Khilcan, ou du recueil de Proverbes de Meïdani, elle appellera aussi de ses vœux la publication du *diwan* de Moténabbi et des poésies d'Abou-Nowas, de Bokhtori, d'Abou-Faras, et de tant d'autres qui ne nous sont connus que par des fragmens, mais fragmens où respire l'antique élévation de la poésie arabe, modifiée diversement par une nouvelle civilisation, sous le climat de Bagdad, de l'Egypte, de la Syrie et de l'Espagne. Pour moi, si j'ai pu enflammer l'ardeur de cette nouvelle génération qui s'élance dans la lice, et par mon exemple et par les paroles que je lui adresse aujourd'hui, je ne croirai pas avoir mal employé le peu de talens que la providence a daigné me confier, et j'oserai attendre quelque reconnaissance de ceux qui me succéderont dans la carrière que j'ai parcourue.